ISBN : 978-2-211-09246-3

© 1996, l'école des loisirs, Paris
Loi numéro 49 956 du 16 juillet 1949 sur les publications
destinées à la jeunesse : septembre 1996
Dépôt légal : mars 2009
Imprimé en France par Mame Imprimeur à Tours

Philippe Corentin

Mademoiselle Sauve-qui-peut

l'école des loisirs
11, rue de Sèvres, Paris 6ᵉ

Il était une fois une petite fille, la plus espiègle qu'on eût pu voir.

Elle ne songeait qu'à taquiner, à jouer de mauvais tours à tout le monde.
Une vraie chipie !

Elle n'arrêtait pas. Pif ! Paf ! Pouf ! Et patapouf !
C'est bien simple, c'était une telle enquiquineuse que partout on l'appelait
Mademoiselle Sauve-qui-peut.

Et boum ! Et badaboum ! Elle était infatigable.

Mais ses farces, depuis longtemps, ne faisaient plus rire personne.

Aussi ce matin-là, sa mère, excédée, lui dit : « Arrête ! Ça suffit !
Tu m'horripiles ! Tiens, va plutôt chez ta mère-grand.
Porte-lui cette galette et ce petit pot de beurre. »

Et zou ! La voilà partie ! Sauve qui peut !

Et hop ! La voilà chez la mère-grand.
Toc ! Toc !

« Mamiiiiiie… »

Mais chez la mère-grand, personne !
« Mamie, mamie ! »
Pas de mamie. Un bon ragoût qui sent bon mais pas de mamie.

« Mamie, mamie ! C'est moi qui suis là. N'aie pas peur. »

« Mamie, mamie ! Où es-tu ? »

« Elle n'est pas là. C'est bizarre... Tiens, et si j'en profitais pour faire son lit en portefeuille », se dit soudain Mademoiselle Sauve-qui-peut.
« Hi, hi ! On va bien rire. »

« Mais mamie, que fais-tu là ? Pourquoi ne me répondais-tu pas ?
Tu es malade ? »

« Tu as mal aux dents, mamie ? Pauvre mamie. Montre-moi…
Oh ! Mais elles sont toutes grosses ! »

« Et ta langue… Tu as vu ta langue comme elle est grosse…
et comme elle est blanche ? »

« Et tes yeux… Tu as vu tes yeux, mamie ? Ils sont tout gros et tout jaunes.
Tu as avalé tout rond sans mâcher ? Tu as bobo au ventre ? »

« Non, mais, dis donc le loup, tu crois que je ne sais pas faire la différence entre un loup et une mamie ? Allez, ouste ! Hors d'ici ! »

« Allez, zou ! Dehors ! Et plus vite que ça ! Il veut que je m'énerve en vrai,
le loup ? Il me croit aussi bête que le Petit Chaperon rouge ou quoi ? »

« Arrête, malheureuse ! » dit la grand-mère. « Laisse-le,
ce n'est qu'un pauvre bougre que j'ai ramassé dans la neige,
mourant de froid et de faim. »